La Dernière Classe

La Dernière Classe

마지막 수업

Alphonse Daudet 원작 ┃ 천선란 추천

1판 1쇄 인쇄 2021년 11월 5일 ┃ 1판 1쇄 발행 2021년 11월 15일

엮은이 이영 ┃ 그린이 이석
펴낸이 정중모 ┃ 펴낸곳 팡세미니 ┃ 등록 1988년 1월 21일(제406-2000-000202호)
편집장 서경진 ┃ 편집 정혜연 ┃ 디자인 권순영
마케팅 김선규 ┃ 제작 윤준수 ┃ 관리 이원희, 고은정, 원보람
주소 경기도 파주시 회동길 152
전화 031-955-0700 ┃ 팩스 031-955-0661 ┃ 홈페이지 www.yolimwon.com
전자우편 bbchild@yolimwon.com
ISBN 978-89-6155-953-9 04800, 978-89-6155-907-2(세트)

어린이제품안전특별법에 의한 제품 표시
제조자명 파랑새 ┃ 제조년월 2021년 11월 ┃ 제조국 대한민국 ┃ 사용연령 8세 이상

La Dernière Classe

마지막 수업

알퐁스 도데 원작 | 천선란 추천

팡세
미니

책을 덮고 나면 우리는
왕자로 태어나도,
황금 두뇌를 가지고 태어나도,
결코 이룰 수 없는 것이 무엇인지를
생각하게 될 것이다.

차례

천선란이 출석한 마지막 수업

현실이 우리의 삶을 옥죄여 오고 그곳에서 탈출구를 찾을수 없을 때 이야기는 그런 우리에게 현실과 동떨어진 세계를제공하며 숨 쉴 수 있는 창구를 만들어 주지만, 그와 동시에이야기는 현실을 그대로 반영하는 거울이라는 점에서 현실만큼 잔혹하다. 소설이 가진 이 양가성이 이 작품들에 모두 담겨있다. 희망과 용기를 주며 동시에 현실의 잔혹함과 한계를 함께 보여준다.

<마지막 수업>에 실린 일곱 개의 단편들은 아름답지만

소설이 쓰였던 시대가 잔혹하게 반영되어 있다. 프랑스에서 태어난 작가가 살았던 시대는 프로이센의 통일 독일을 이룩하려는 비스마르크의 정책과 그것을 막으려는 나폴레옹 3세가 충돌하며 독일과 프랑스 전쟁이 일어났던 시기로, 작가는 소설 '마지막 수업'을 통해 앞으로 프랑스에서 프랑스어로 수업할 수 없다는 역사의 단면을 보여준다. 왕자의 신분조차 막을 수 없는 죽음, 살기 위해 적군에게 작전을 누설하고 후회하는 어린 간첩, 자유를 갈구하다 비극을 맞이하는 염소, 찬양하던 군수의 끔찍한 이면 등 이 모든 이야기는 작가가 겪은 전쟁 중 상황의 현실과 맞물리며, 그렇게 이야기는 해피 엔딩을 맞이하지 못하고 현실에 납작하게 눌리게 된다. 그리고 이런 이야기들은 어느 시대이든 독자에게 당시의 현실이 얼마나 잔혹했는지를 실감하게 하면서, 쌀알만큼의 희망도 존재하지 않는 순간이 실제 현실 속에 존재하고 있음을 이야기로 느끼게 해 준다.

현재 우리 삶은 전쟁과 무관하다고 많은 이들이 생각할 것이다. 하지만 이 작품에서 만나는 무기력감, 박탈감, 무능함 따위의 감정을 우리가 과연 전시 상황에서만 느끼던가? 책을 덮고 나면 우리는 왕자로 태어나도, 황금 두뇌를 가지고 태어나도, 결코 이룰 수 없는 것이 무엇인지를 생각하게 될 것이다.

소설가 천선란

La Dernière Classe

마지막 수업

마지막 수업

맑고 따뜻한 아침이었습니다.

부드러운 바람까지 불어 마음이 상쾌했습니다.

학교에 늦은 나는 지각할 것만 같았습니다. 게다가 말 익히기 숙제도 안 했습니다.

'어쩌면 좋지?'

아멜 선생님한테 꾸중 들을 일이 몹시 두려웠습

니다. 선생님은 숙제 안 해 오는 것을 용서하지 않았습니다.

숲에서는 아침부터 산새가 즐겁게 노래했습니다.

제재소 뒤의 넓은 들판에서는 프러시아 병사들이 훈련받는 소리가 들려왔습니다.

'학교를 빠져 버릴까?'

나는 문득 이런 생각이 들었습니다. 산새 둥지에서 알을 꺼내고, 들판에서 뛰어놀고 싶었습니다.

그러나 꾹 참고 학교로 달려갔습니다.

면사무소 앞에 이르자, 알림판 앞에 모여 있는 사람들이 보였습니다.

지난 2년 동안 전쟁에 대한 소식들만 붙어 있는 알림판이었습니다.

대개 좋지 않은 소식들이었습니다.

'또 무슨 일이야?'

별 관심 없이 앞을 뛰어 지나갈 때였습니다.

"꼬마야, 그렇게 서두를 필요 없다. 천천히 가도 괜찮아!"

알림판을 보고 있던 대장장이 아저씨가 나에게 소리쳤습니다.

나는 학교에서 돌아올 때 그 대장장이가 하는 일을 신기하게 구경하곤 했었습니다.

'흥, 나를 놀리려는 걸 거야.'

나는 들은 척도 안 하며 뛰어갔습니다.

학교의 작은 마당으로 헐레벌떡 뛰어 들어갔습니다.

언제나 수업이 시작될 때면 책상 서랍 여닫는 소리가 났습니다. 친구들이 각자 귀를 막고 큰 소리로 무언가 외우는 소리도 났습니다.

"좀 조용히 해!"

아멜 선생님이 큰 자로 책상을 탕탕 두드리는 소리도 한길까지 들릴 만큼 소란스럽기 마련이었습니다.

교실이 그처럼 시끄러울 때, 나는 아무도 모르게 내 자리에 가서 앉을 참이었습니다.

그런데 그날은 마치 일요일 아침처럼 조용했습니다.

열려 있는 창문으로 친구들 얼굴이 보였습니다.

여느 때와 다름없이 무서운 쇠 자를 들고 왔다 갔다 하는 아멜 선생님도 보였습니다.

나는 그 조용한 교실 속으로 들어가야 했습니다. 창피함과 두려움으로 가슴이 콩닥거렸습니다. 하지만 용기를 내어 교실 문을 열고 들어갔습

니다.

그런데 정말 뜻밖이었습니다. 나와 눈이 마주친 아멜 선생님은 조금도 화를 내지 않았습니다.

"오, 프란츠 왔구나."

오히려 나를 반겼습니다.

"하마터면 너를 빼놓고 시작할 뻔했구나. 빨리 네 자리에 가서 앉아라."

상냥하게 말하며 내 자리를 가리켰습니다.

'웬일이지?'

얼떨떨한 나는 서둘러서 자리에 앉았습니다.

마음을 가라앉힌 나는 다시 한번 선생님을 바라보았습니다.

오늘따라 아멜 선생님의 차림새가 달랐습니다. 푸른색 프록코트를 입고, 검은 비단 모자를 쓰고 있었습니다. 장학사가 오거나 상장을 주는 날에

나 하는 옷차림이었습니다.

그리고 언제나 비어 있던 교실 뒤쪽 의자에 마을 사람들이 앉아 있었습니다.

삼각 모자를 손에 든 오제 할아버지, 옛 면장님, 옛 우체국장님, 그 밖에 많은 사람들이 학생처럼 조용히 앉아 있었습니다.

오제 할아버지는 가장자리가 너덜너덜한 프랑스어 책을 무릎 위에 펴 놓고 있었습니다.

이상하게도 사람들은 모두 슬퍼 보였습니다. 그러고 보니 교실 전체가 왠지 엄숙한 분위기였습니다.

그런 분위기에 어리둥절하고 있을 때였습니다.

"여러분, 이것이 제가 하는 마지막 수업입니다."

교단으로 올라간 아멜 선생님이 무거운 목소리로 말했습니다.

"알자스와 로렌 지방의 학교에서는 독일어만 가르치라는 명령이 내려왔습니다."

좀 전에 나를 맞아들일 때와 같이 상냥하면서도 엄숙한 목소리였습니다.

"내일 새로운 선생님이 오실 것입니다. 독일어를 가르칠 선생님입니다."

아멜 선생님은 서글픈 표정으로 모두를 둘러보았습니다.

"이 시간이 여러분에게는 마지막 프랑스어 수업입니다. 열심히 들어 주십시오."

선생님의 말에 나는 당황했습니다.

'아, 면사무소 알림판에 붙어 있던 게 바로 이 이야기였구나!'

나는 그제야 알아차릴 수 있었습니다.

'우리말까지 빼앗다니, 나쁜 프러시아 놈들!'

들판에서 훈련하는 프러시아 병사들이 미웠습니다.

그리고 갑자기 슬퍼졌습니다.

'오늘이 마지막 프랑스어 수업이구나! 그런데도 나는 아직 프랑스어를 제대로 쓸 줄 모르니…….'

나 자신이 부끄러웠습니다.

'이제 일생 동안 프랑스어를 배울 기회가 없을 텐데…….'

국어인 프랑스어 공부를 게을리한 것이 후회스러웠습니다.

수업을 빼먹고 새알을 후비러 다니던 일, 강에서 얼음을 지치며 헛된 시간을 보낸 일들이 뉘우쳐졌습니다.

아멜 선생님에 대한 생각 또한 마찬가지였습니다.

'선생님이 떠나시다니, 이제 다시는 만나지 못하다니…….'

이런 생각에 벌서던 일, 자로 맞던 일도 모두 잊혀졌습니다.

가엾은 선생님! 선생님은 이 마지막 수업을 빛내고, 경의를 표하기 위해서 새 옷을 입은 것이었습니다. 마을 노인들이 왜 교실 뒤에 와 있는지도 비로소 깨달았습니다.

그들은 지금까지 학교에 자주 오지 못했던 것을 뼈저리게 후회하는 듯했습니다. 지난 40여 년 동안 아이들을 가르쳐 준 아멜 선생님의 수고에 감사하는 모습이었습니다. 그리고 이제 사라져 버릴 조국 프랑스에 대한 안타까움이 얼굴 가득 묻어 있었습니다.

"프란츠."

아멜 선생님이 갑자기 내 이름을 불렀습니다.

"네."

나는 벌떡 일어섰습니다.

내가 외울 차례였습니다. 하지만 숙제를 하지 않은 나는 말 익히기를 외울 수가 없었습니다.

자리에 선 채로 몸을 떨었습니다. 가슴이 꽉 막혔습니다.

"프란츠, 너에게 화를 내지 않겠다. 너는 지금 충분히 벌을 받는 셈이니까."

"……"

나는 창피해서 얼굴을 들 수가 없었습니다.

"우리는 흔히 이렇게 생각하지. 시간은 많아. 오늘 못 한 공부는 내일 하지 뭐. 그러나 그 결과는 이렇단다."

나는 쥐구멍에라도 들어가고 싶었습니다.

공부를 언제나 미룬 것이 우리 알자스의 불행이라고 말한 선생님은 우리 알자스를 빼앗은 프러시아 사람들이

"너희들은 프랑스 사람이라고 잘난 체하는데, 제 나라말도 제대로 읽고 쓰지 못하잖아!"

하며 비웃고 있다는 말을 덧붙였습니다.

"······."

선생님의 말에 아이들은 얼굴을 붉혔습니다. 마을 노인들도 고개를 숙였습니다.

잠시 뒤 선생님은 조용한 목소리로 말했습니다.

"프란츠야, 너만 나쁜 게 아니야. 너희들의 부모들도 너희들의 공부에 별로 힘쓰지 않았어. 한 푼이라도 더 벌기 위해서 너희들을 밭이나 공장으로 보내고 싶어 했지. 프란츠야, 자리에 앉거라."

나는 조심스럽게 자리에 앉았습니다.

"나 역시 비난받아야 해. 너희에게 공부를 시키는 대신, 툭하면 뜰에 물을 뿌리게 했어. 너희들이 낚시를 가고 싶다고 하면 수업을 중단하기도 했지. 그리고……."

아멜 선생님은 말을 맺지 못했습니다.

목소리를 가다듬은 선생님이 프랑스어에 대한 이야기를 시작했습니다.

"우리 프랑스어는 세계에서 가장 아름답고 완벽하며, 표현력이 풍부한 말이지. 그러니까 우리가 굳게 지켜야 하고, 절대로 잊어버리면 안 돼."

우리들은 눈 하나 깜빡하지 않고 선생님의 말에 귀를 기울였습니다.

"우리가 다른 나라 노예가 되더라도 우리말만 튼튼하게 지키면, 감옥에 갇혀 있어도 감옥의 열쇠를 쥐고 있는 것이나 마찬가지야."

선생님의 이야기를 듣는 아이들은 어느 때보다도 참되고 착실한 모습이었습니다.

이야기를 끝낸 선생님은 프랑스어 책을 들고 읽기 시작했습니다.

나는 선생님이 하는 말 모두가 갑자기 잘 들렸습니다. 너무나 쉽게 이해되어 나 자신도 놀랐습니다.

나는 이제까지 이렇게 열심히 수업을 들은 적이 없었습니다. 선생님도 그처럼 온 정성을 다해 가르친 일이 없었던 것 같았습니다. 떠나기 전에 우리에게 하나라도 더 가르쳐 주려는 모습이 뚜렷했습니다.

말 익히기가 끝나고, 곧 쓰기 시간이 이어졌습니다.

아멜 선생님은 특별히 준비한 글씨본을 모두에게 나누어 주었습니다.

거기에는 예쁜 글씨로 '프랑스 알자스, 프랑스 알자스.'라고 쓰여 있었습니다. 그 글씨들은 교실 가득 나부끼는 깃발처럼 보였습니다.

모두 얼마나 열심인지 몰랐습니다. 바스락거리는 소리 하나 나지 않았습니다. '스스스슥……' 종이 위를 미끄러지는 펜 소리만 들릴 뿐이었습니다.

'윙, 위잉' 풍뎅이 몇 마리가 날아 들어왔지만 아무도 쳐다보지 않았습니다.

학교 지붕에서 비둘기가 낮은 소리로 '구, 구우' 하고 울었습니다.

'프러시아 사람들은 비둘기에게도 독일어로 울 라고 명령하겠지?'

나는 비둘기 울음소리를 들으며 이런 생각을 해 보았습니다.

글씨본을 쓰던 나는 눈을 들어 선생님을 바라보 았습니다.

선생님은 교단 위에 서서 주위의 것들을 바라보 고 있었습니다. 학교로 쓰고 있는 작은 집 전부를 눈에 고스란히 담아 두려는 듯했습니다.

지난 40여 년 동안 함께한 의자와 책상은 닳고 닳아서 검게 빛났습니다.

뜰에 있는 아기 호두나무는 제법 크게 자랐습니 다. 선생님이 손수 심은 홉은 지붕까지 자랐습니다.

선생님은 그 모든 것과 정이 듬뿍 들었을 것입니다. 그것들과 헤어져야 한다는 것은 얼마나 가슴 아픈 일일까요.

교실 바로 위 이층에서 왔다 갔다 하며 짐을 꾸리고 있는 선생님 여동생의 발소리가 들렸습니다. 그 발소리를 듣는 선생님의 마음은 말할 수 없이 괴로우실 것입니다.

'내일 이 정든 곳을 떠나야 하다니……'

아마도 선생님은 울고 싶은 심정일 테지요.

쓰기 시간 다음은 역사 시간이었습니다.

역사 공부가 끝나자 우리들은 목소리를 맞추며 발음 연습을 했습니다.

오제 할아버지는 프랑스어 책 위에 놓여 있던 안경을 썼습니다. 그러고는 두 손으로 책을 들고 아이들과 함께 더듬더듬 읽었습니다. 감동한 나머지 목소리를 떨었습니다. 그것을 듣는 우리는 웃음이 나왔습니다. 그런가 하면 울고 싶기도 했습니다.

"아!"

나는 이 마지막 수업을 결코 잊을 수 없을 것입니다.

그때 교회의 큰 시계가 정오를 알렸습니다. 이

어서 기도를 알리는 종이 울렸습니다. 그와 동시에 창문 밑에서 나팔 소리가 울려 퍼졌습니다. 훈련에서 돌아오는 프러시아 병사들의 나팔 소리였습니다.

아멜 선생님은 교단에서 벌떡 일어섰습니다. 선생님이 그처럼 크게 보인 적이 없었습니다.

"여러분!"

얼굴이 새파래진 선생님이 떨리는 목소리로 말했습니다.

"여러분……, 나는……, 나는……."

목이 멘 선생님은 더 이상 말을 잇지 못했습니다.

"……."

무언가 더 말하려던 선생님은 칠판 쪽으로 돌아섰습니다. 분필을 집어 들더니, 온 힘을 다해 큰 글씨로 썼습니다.

아멜 선생님은 쓰러질 듯이 몸을 벽에 기댔습니다. 그러고는 우리에게 손짓으로 말했습니다.

"이것으로 끝입니다……."

머리를 기댄 채 움직이지 않고 말했습니다.

"모두 돌아가세요!"

Les Étoiles

별

별

나는 올해 스무 살 난 양치기 청년입니다.

이 이야기는 내가 루브롱 산에서 양을 치고 있을 때의 이야기입니다.

그때 나는 사람 그림자 하나 없는 목장 안에서 혼자 살고 있었습니다. 그것이 몇 주일씩 계속될 때도 있었습니다.

식구라고는 개 러브러와 양들뿐이었습니다. 가끔씩 약초를 캐러 오는 사람이 그곳을 지나갔습니다. 얼굴이 거무스름한 숯장수를 볼 때도 있었습니다.

그러나 그들은 외로운 생활을 해 온 나머지 남에게 말을 거는 일이 없었습니다. 그렇기 때문에 나는 더 외로울 수밖에 없었습니다.

그래서 두 주일마다 식량을 실어다 주는 당나귀의 방울 소리가 반가웠습니다. 당나귀를 몰고 오는 농장의 꼬마 머슴 미아로의 얼굴이 보이면 기뻐서 어쩔 줄 몰랐습니다. 나이 든 노라드 아주머니가 올 때도 있었습니다. 노라드 아주머니의 다갈색 모자가 언덕 위에서 춤추듯 떠오를 때면 나는 펄쩍펄쩍 뛰어올랐습니다.

"어느 집 아이가 세례를 받았어요?"

나는 일부러 말을 걸었습니다.

"누가 결혼했지요?"

그동안 산 아랫마을에서 일어난 일들을 이것저것 캐물었습니다.

그러나 무엇보다도 관심이 쏠리는 것은, 주인집 딸 스테파네트 아가씨에 대한 일이었습니다. 스테파네트는 백 리 안에서 가장 아리따운 아가씨였습니다.

나는 아가씨에게 별로 관심이 없는 척했습니다. 그러면서 아가씨가 파티에 자주 참석하는지, 저녁 나들이를 자주 하는지 등을 물어보았습니다.

"지금도 멋쟁이 청년들이 아가씨를 만나러 오나요?"

이렇게 넌지시 물어보기도 했습니다.

스테파네트 아가씨는 지금까지 내가 본 아가씨

중에서 가장 예뻤습니다. 비록 보잘것없는 양치기였지만 나는 스테파네트 아가씨를 좋아하고 있었습니다.

어느 일요일이었습니다. 보름치의 식량이 오는 날인데 늦게까지 당나귀의 방울 소리가 나지 않았습니다.

'특별 미사를 보고 오느라 늦나 보군.'

아침나절에는 이런 생각을 했습니다.

그런데 점심때쯤 소나기가 퍼부었습니다.

'비가 와서 당나귀를 몰고 오기 힘드니까 늦게 오는 걸 거야.'

이렇게 생각하며 초조한 마음을 달랬습니다.

오후 세 시쯤, 비가 그쳤습니다. 맑게 갠 하늘 아래 온 산이 햇빛을 받아 눈부시게 반짝였습니다. 물이 불어서 좔좔 흐르는 골짜기의 물소리에 섞여, 문득 당나귀의 방울 소리가 들려왔습니다. 그 소리는 부활절에 일제히 울려 퍼지는 종소리처럼 즐겁고 맑았습니다.

그런데 당나귀를 몰고 나타난 사람은 꼬마 미아로도, 노라드 아주머니도 아니었습니다. 그것은……, 뜻밖에도 바로 주인집 스테파네트 아가씨였습니다!

아가씨가 당나귀 등에 실린 식량 바구니 사이에 의젓하게 올라타고 나타난 것이었습니다. 맑은 산 기운과 소나기 뒤의 깨끗해진 공기를 쐬어, 아가씨의 얼굴은 온통 장밋빛으로 물들어 있었습니다.

"글쎄, 미아로가 병이 나서 누워 있지 뭐니. 노라드 아주머니는 휴가를 얻어서 아이들을 만나러 갔고, 그래서 내가 온 거야."

스테파네트 아가씨는 당나귀 등에서 내려서며 이렇게 말했습니다.

"오다가 길을 잃어서 늦게 도착했어."

"네, 그랬군요."

나는 눈부시게 아리따운 아가씨의 모습에 넋을 잃고 있었습니다.

오, 아름답고 귀여운 아가씨!

이제껏 그렇게 가까이에서 아가씨를 본 일이 없었습니다. 언제나 곱게 차려입고서 나 같은 하인들에게는 말도 잘 걸지 않던 새침데기 스테파네트 아가씨. 그 아가씨가 바로 내 앞에 와 있는 것이었습니다.

아가씨는 바구니에서 식량을 꺼내 놓았습니다.

"우아!"

그러고는 신기하다는 듯한 눈초리로 주위를 둘

러보기 시작했습니다.

아가씨는 예쁜 나들이옷을 더럽히지 않으려고 치마를 살짝 걷어 올렸습니다. 그러더니 울짱이 쳐진 목장 안으로 들어갔습니다.

내가 방처럼 쓰는 외양간 구석구석을 둘러보았습니다. 양가죽을 깐 짚으로 만든 침대, 벽에 걸려 있는 두건 달린 외투, 말채찍, 엽총 들을 자세히 살펴보았습니다.

아가씨에게는 그 모든 것이 재미있고 흥미로워 보였습니다.

"세상에, 이런 곳에서 살고 있단 말이지?"

"네, 아가씨."

"늘 혼자서?"

"네, 아가씨."

"혼자서 지내다니, 얼마나 심심할까?"

"……."

나는 너무나 긴장한 탓에 아무 말도 할 수 없었습니다.

'아가씨를 생각하면서 지내고 있어요.'

이렇게 대답하고 싶었습니다. 그것이 나의 진실한 대답이었으니까요.

"예쁜 여자 친구라도 찾아오니?"

"네, 여자 친구라고요?"

아가씨의 물음에 나는 쩔쩔맸습니다.

"그래, 산봉우리 위로만 날아다니는 숲의 요정 미스테렐처럼 예쁜 여자 친구 말이야."

아가씨는 머리를 뒤로 젖히고 귀엽게 웃었습니다. 그런 스테파네트 아가씨야말로 진짜 미스테렐 요정 같았습니다.

"날이 저물기 전에 가야 해."

외양간에서 나오며 아가씨가 서둘렀습니다. 빈 바구니를 당나귀 등에 실었습니다.

"안녕, 잘 있어."

당나귀에 올라탄 아가씨가 웃어 보였습니다.

"안녕히 가세요, 아가씨."

나는 말할 수 없이 섭섭하고 아쉬웠습니다.

그런 내 마음을 조금도 알 리 없는 아가씨는 당나귀를 타고 떠났습니다.

아가씨는 곧 경사진 오솔길로 모습을 감추었습니다. 당나귀 발에 챈 돌멩이들이 언덕 아래로 굴러떨어졌습니다. 그것들은 마치 내 마음속으로 굴러떨어지는 것만 같았습니다.

나는 언제까지고 그 소리에 귀를 기울이고 있었습니다. 해가 질 때까지 꼼짝도 하지 않고 그 자리에 서 있었습니다. 달콤한 꿈이 사라질까 봐 손 하나 까딱하지 않고 우두커니 서 있었습니다.

산 그림자가 드리워지고 계곡 밑이 푸르게 변하기 시작했습니다.

"매애, 매애."

양들이 서로 먼저 외양간으로 들어가려고 몸을 비벼 댔습니다.

바로 그때였습니다. 언덕 아래에서 누군가가 나를 부르는 소리가 들렸습니다.

"음?"

나는 언덕을 향해 달려갔습니다.

"아니!"

스테파네트 아가씨였습니다. 몸이 흠뻑 젖어 추

위와 두려움에 덜덜 떨고 있었습니다.

"아가씨, 어떻게 된 거예요?"

"강물에 빠졌어. 아까 올 때보다 물이 엄청나게 불어났지 뭐야."

"저런, 큰일 날 뻔하셨군요. 양들 때문에 제가 데려다 드릴 수도 없고……."

"어쩌면 좋지? 식구들이 걱정할 텐데."

아가씨는 안절부절못했습니다.

"여름밤은 짧아요. 금방 아침이 올 거예요."

나는 이런 말로 아가씨를 안심시켰습니다. 그러고는 아가씨를 당나귀 등에 태워 목장으로 다시 돌아왔습니다.

나는 서둘러서 장작불을 지폈습니다. 아가씨의 손과 발, 강물에 흠뻑 젖어 버린 옷을 말리기 위해서였습니다.

"아가씨, 이 불 좀 쬐세요. 그러면 마음이 좀 놓이실 거예요."

나는 아가씨를 불 옆에 앉혔습니다.

"이것 좀 드시겠어요?"

양젖과 치즈를 가져다주었지만 아가씨는 입에 대지 않았습니다. 그 눈에 고인 그렁그렁한 눈물을 보니까 나도 울고 싶어졌습니다.

밤이 왔습니다.

"아가씨, 이제 안으로 들어가시죠."

내가 권하자 아가씨는 울 안으로 따라 들어왔습니다.

새 짚단 위에 한 번도 쓰지 않은 양털 가죽을 깔아 주었습니다.

"아가씨, 그럼 안녕히 주무세요."

나는 인사를 한 뒤 밖으로 나와 문 앞에 앉았습

니다.

스테파네트 아가씨를 향한 사랑으로 내 마음은 두근거렸습니다. 하지만 나쁜 마음은 눈곱만큼도 일어나지 않았습니다. 그저 우리 아가씨가, 내 보호를 받으며 안전하게 쉬고 있다는 것이 가슴 벅차도록 자랑스러울 뿐이었습니다.

신기하다는 듯이 바라보는 양들 곁에 누워서, 순결한 양처럼 자고 있는 스테파네트 아가씨!

나는 하늘을 올려다보았습니다. 하늘이 그렇게 높고, 별들이 그토록 찬란해 보인 적이 없었습니다.

그때 갑자기 외양간 문이 열리면서 아름다운 스테파네트 아가씨가 나왔습니다. 양들이 몸을 뒤척이는 바람에 짚단이 버스럭거려 잠을 이룰 수 없었나 봅니다.

아가씨는 차라리 모닥불 옆에 있는 것이 편하겠
다고 생각한 모양이었습니다.

"아가씨, 이걸 덮으세요."

나는 걸치고 있던 양가죽을 아가씨 어깨에 걸쳐
주었습니다. 그런 뒤 모닥불을 새빨갛게 피웠습
니다.

우리 두 사람은 아무 말없이 나란히 앉아 있었
습니다. 조금이라도 무슨 소리가 들리면 아가씨
는 소스라치듯 놀라며 내게로 바싹 다가앉았습니

다.

"아가씨, 무서워하지 마세요. 산짐승들 지나가는 소리예요."

"넌 무섭지 않니?"

"무섭기는요, 산짐승들은 내 친구인걸요."

"친구라고?"

"네, 아가씨."

순간 아름다운 별똥별이 우리 두 사람의 머리 위로 긴 꼬리를 그리며 사라졌습니다.

"저게 뭐지?"

스테파네트 아가씨가 작은 목소리로 내게 물었습니다.

"천국으로 들어가는 영혼이에요."

"영혼?"

"네, 아가씨."

나는 가슴에 십자가를 그었습니다. 아가씨도 나를 따라 십자가를 그었습니다.

아가씨는 잠시 하늘을 우러러보더니 불쑥 내게 물었습니다.

"너희 목동들은 모두 점쟁이라는 게 사실인가 보구나?"

"아네요, 그렇지 않아요. 하지만 이곳에 있다 보면 별들과 가깝기 때문에 들판에 있는 사람들보다는 별들의 세계에 관해 훨씬 잘 알게 된답니다."

아가씨는 여전히 하늘을 쳐다보고 있었습니다. 한 손으로 턱을 괴고 양털 가죽을 둘러쓴 모습은, 흡사 귀여운 천국의 목동과도 같았습니다.

"어머나, 정말 아름답구나! 저렇게 많은 별을 보기는 처음이야. 너는 저 별들의 이름을 알고 있니?"

"그럼요. 우리 머리 바로 위에 있는 것이 '성 자크의 길(은하수)'이랍니다."

"성 자크의 길?"

"네, 프랑스에서 곧장 에스파냐로 통하고 있지요. 용감한 샤를마뉴 대왕께서 사라센을 정벌할 때, 갈리스의 성 자크가 이것을 만들어 대왕에게 길을 알려 주었답니다."

"어머, 넌 별걸 다 알고 있구나."

"좀 더 멀리 있는 저것은 '영혼의 수레(대웅성좌)'

인데, 네 개의 바퀴가 빛나고 있어요. 그 앞을 지나가는 세 개의 별이 '세 마리의 야수'이고, 그 세 번째 맞은편에서 빛나고 있는 작은 별이 '마부'랍니다."

"어쩜!"

아가씨는 나의 설명에 감탄하는 빛을 띠었습니다.

"저 별 주위에 비가 내리는 것처럼 여기저기 흩어져 있는 별들은, 하느님께서 곁에 두고 싶지 않으신 영혼들이랍니다."

"……."

아가씨는 말없이 고개를 끄덕였습니다.

"그 조금 아래에 있는 것이 '삼왕성(오리온자리)'이라고 부르는 별이지요. 우리에게 시계 역할을 해 주기도 한답니다. 저 별들을 살펴보면 지금 시각이 밤 열두 시를 넘었다는 걸 알 수 있어요."

"어머, 그렇게나 됐니?"

아가씨는 짐짓 놀라는 표정을 지었습니다.

"네, 아가씨. 밤이 깊었어요."

나는 손가락으로 하늘을 가리키며 설명했습니다.

"좀 더 남쪽으로 내려오면 '장 드 밀랑(시리우스자리)'이 빛나고 있어요. 별들의 횃불이랍니다. 저 별에 대해서는 우리 목동들 사이에 전해 내려오는 이야기가 있어요."

"그러니, 무슨 얘기인데?"

아가씨는 무척 흥미로워했습니다.

"어느 날 밤 '장 드 밀랑'은 '삼왕성'과 '병아리장(북두칠성)'과 함께 친구 별들의 결혼 잔치에 초대를 받았대요."

"그래서?"

"제일 먼저 서둘러서 윗길로 올라간 건 '병아리장'이었어요. 저 높은 하늘 한가운데에서 반짝이고 있잖아요? '삼왕성'은 좀 더 아래쪽을 가로질러 '병아리장'을 바짝 쫓아갔답니다. 하지만 게으름뱅이 '장 드 밀랑'은 늦잠을 자다가 가장 뒤에 처지고 말았답니다. 그래서 화가 난 '장 드 밀랑'은 앞에 가는 두 친구를 불러 세우려고 힘껏 지팡이를 던졌답니다. 그래서 '삼왕성'을 보고 '장 드 밀랑의 지팡이'라고도 부른답니다. 그렇지만 뭐니뭐니 해도 별 중에서 가장 아름다운 별은 우리들의 별, 즉 '목동의 별'이지요."

"목동의 별?"

"네, 아가씨. 새벽녘에 우리가 양 떼를 몰고 나갈 때도, 저녁때가 되어 양 떼를 몰고 돌아올 때도

한결같이 비추어 주는 고마운 별이랍니다. 우리들은 저 별을 '마글론'이라고 부르지요."

"마글론?"

"네, 아름다운 저 '마글론'은 '피에르 드 프로방스(견우성)'의 뒤를 따라가서 7년마다 한 번씩 결혼을 한답니다."

"어머, 별들도 결혼을 하니?"

"그럼요, 아가씨."

나는 그 결혼에 대해서 설명하려고 했습니다. 그런데 뭔가 매끄럽고 부드러운 것이 내 어깨에 와 닿는 것이 느껴졌습니다.

그것은 다름 아닌 아가씨의 머리카락이었습니다. 졸린 스테파네트 아가씨의 머리가 내 어깨에 와 닿은 것입니다. 리본과 곱슬곱슬한 머리카락을 사랑스럽게 비벼 대면서……

"……!"

나는 울렁거리는 가슴을 억누르려고 애썼습니다.

아가씨는 그렇게 꼼짝도 하지 않은 채 내게 기대어 잠들었습니다.

나는 아가씨의 잠든 얼굴을 지켜보며 밤을 꼬박 새웠습니다. 새벽녘이 되어 밤하늘의 별들이 빛을 잃을 때까지, 그렇게 그렇게…….

나는 뛰는 가슴을 어쩔 수가 없었습니다. 하지만 아름다운 생각만 했습니다. 맑은 밤하늘의 성스러운 보호를 받아 어디까지나 성스럽고 순결함을 잃지 않았습니다.

우리 두 사람을 둘러싼 별들은 마치 양 떼처럼 차분하고 고요하게 흘러갔습니다.

나는 몇 번이나 거듭해서 가슴속 깊이 이런 생

각을 했습니다.

 저 수많은 별 중에서 가장 어여쁘고 가장 찬란한 별 하나가 길을 잃고 헤매다, 내 어깨에 사뿐히 내려앉아 고요히 잠든 것이라고!

L'enfant Espion

꼬마 간첩

꼬마 간첩

　파리의 어느 공원 근처에 스텐느라는 소년이 살고 있었습니다. 열 살쯤으로 보이기도 하고, 열다섯 살쯤으로 보이기도 하는 스텐느는 몸이 허약한 편이었습니다.

　어렸을 때 어머니가 병으로 세상을 떠난 뒤 아버지와 단둘이 살았습니다. 프랑스 해군이었던 아버지는 작은 공원의 관리인이었습니다.

스텐느의 아버지는 매우 친절했습니다.

"안녕하세요? 어서 오십시오."

아이 어른 할 것 없이 공원에 오는 사람들에게 친절을 베풀었습니다. 얼굴에는 늘 환한 웃음을 띠고 있었습니다. 그런 스텐느 아버지를 싫어하는 사람이 없었습니다.

"아버지!"

학교가 끝난 저녁때면 스텐느가 공원으로 찾아왔습니다.

"오, 스텐느. 낮 동안 얼마나 보고 싶었다고."

아버지는 아들을 끌어안으며 반겼습니다.

"자, 우리 맑은 공기를 마시러 가자."

아버지는 스텐느를 데리고 공원의 오솔길을 걸었습니다. 아들의 건강을 위해서였습니다. 그처럼 아들을 사랑하는 아버지였습니다.

　"잘생겼군."

　"아주 똑똑하겠는걸."

　공원 의자에 앉아 있던 사람들이 스텐느를 칭찬
할 때마다 아버지는 행복했습니다.

　그러던 어느 날 불행하게도 파리가 프러시아 군

에게 포위당했습니다. 그러자 모든 것이 바뀌고 말았습니다.

스텐느 아버지가 일하던 작은 공원도 문을 닫았습니다. 그리고 어울리지 않게 석유 보관소로 변해 버렸습니다. 여기저기에 석유통이 잔뜩 쌓였습니다.

스텐느 아버지는 쉬는 시간도 없이 석유통을 지켰습니다. 담배도 피우지 못하며 혼자서 따분한 시간을 보내야 했습니다.

그리고 밤늦게 집에 돌아가서야 아들의 얼굴을 볼 수 있었습니다.

"망할 프러시아 놈들!"

분한 아버지의 턱수염이 떨렸습니다.

"그놈들 때문에!"

벌컥 성을 내기도 했습니다. 프러시아 군이 쳐

들어와 모든 게 엉망진창이 되어 버렸기 때문이었습니다.

그러나 스텐느는 그 생활이 싫지 않았습니다.

프러시아 군의 파리 포위! 그것은 개구쟁이들에게는 굉장히 즐거운 일이었습니다.

학교 수업이 없어졌습니다. 날마다 방학이었습니다. 그런가 하면 거리는 놀이터나 마찬가지였습니다.

스텐느는 저녁 늦게까지 밖에서 뛰어놀았습니다. 행군하는 군악대의 뒤를 신나게 따라다녔습니다. 군인들이 훈련하는 모습도 구경하고, 배급을 받으려는 사람들 틈에 끼어 보기도 했습니다.

어느 겨울날, 스텐느는 광장으로 나갔습니다. 팽이 놀이를 구경하기 위해서였습니다.

광장에서는 팽이 놀이가 한창이었습니다. 스텐

느도 하고 싶었지만 할 수가 없었습니다. 돈이 많이 들기 때문이었습니다. 그저 내기하는 사람들을 바라보는 것만으로 만족할 뿐이었습니다.

스텐느는 파란 작업복을 입은 키 큰 남자아이에게 관심이 갔습니다. 그 아이는 5프랑 이상은 걸지 않았습니다. 그 아이가 뛸 때면 호주머니 속에서 은화가 쩔렁거렸습니다. 그런데도 5프랑 이상은 절대로 걸지 않았습니다.

어쩌다가 스텐느의 발밑으로 은화 한 개가 굴러왔습니다.

"부럽지, 그렇지?"

은화를 주우며 키 큰 아이가 낮은 목소리로 물었습니다.

"원한다면 돈이 있는 곳을 가르쳐 주지."

"정말?"

스텐느는 두 눈을 빛냈습니다.

"난 거짓말하는 거 딱 질색이야."

키 큰 아이는 돌아가서 놀이를 계속했습니다.

스텐느는 그 아이의 놀이가 끝나기를 기다렸습니다.

"따라와."

이윽고 놀이를 끝낸 키다리는 스텐느를 광장 한 구석으로 데리고 갔습니다.

"프러시아 군인들에게 신문 팔러 가지 않겠니?"

"뭐라고?"

스텐느는 놀란 눈을 했습니다.

"한 번 가면 30프랑이 생겨."

"우리를 포위한 프러시아 군인들에게 우리 신문을 판다고?"

스텐느는 아버지처럼 벌컥 성을 냈습니다.

"그게 어때서?"

"그건 간첩 짓이야!"

스텐느가 키다리에게 쏘아붙였습니다.

"우리 소식을 적에게 알려 주다니! 너, 제정신이냐?"

스텐느는 불같이 화를 내며 거절했습니다. 그리고 3일 동안 팽이 놀이 구경을 가지 않았습니다.

하지만 팽이 놀이 구경을 가지 않은 3일 동안은 견디기 힘들었습니다. 먹지도 못하고, 잠도 제대로 잘 수 없었습니다.

밤이면 침대 발치에서 수많은 팽이가 돌아갔습니다. 5프랑짜리 은화가 번쩍번쩍 빛나는 환상도

보았습니다. 팽이 놀이가 머리에서 떠나지 않았습니다. 스텐느는 도저히 참을 수가 없었습니다.

4일째 되는 날, 광장에 가서 키다리를 만났습니다.

"다시 올 줄 알았어."

키다리가 스텐느에게 계획을 말했습니다. 스텐느는 그 계획대로 하기로 했습니다.

어느 눈 오는 날 이른 아침, 두 사람은 어깨에 자루를 메고 만났습니다. 작업복 밑에 신문을 감추고 떠났습니다.

먼동이 틀 무렵, 프랑스 군부대의 문 앞에 도착했습니다.

스텐느의 손을 잡은 키다리가 군인 앞으로 다가갔습니다. 마음씨가 좋아 보이는 빨간 코 군인이었습니다.

"아저씨, 좀 지나가게 해 주세요."

키다리는 불쌍한 목소리로 말했습니다.

"아버지는 돌아가시고 어머니는 병으로 누워 계세요. 동생하고 밭에 가서 감자를 주워 오래요."

키다리는 스텐느를 가리키며 눈물을 흘려 보였습니다. 그러자 스텐느는 부끄러워 고개를 푹 숙였습니다.

'거짓말하는 거 딱 질색이라더니…….'

고개를 갸우뚱했습니다.

"감자를 주우러 간다고?"

군인은 가엾고 불쌍한 눈빛으로 두 아이를 쳐다보았습니다.

"빨리 가거라."

하얀 눈길을 가리키며 말했습니다.

"감사합니다."

키다리가 스텐느의 손을 잡고 성큼성큼 걸어갔습니다.

키다리는 계속 큭큭 웃었습니다. 군인이 자기에게 속아 넘어간 것이 우스워서였습니다.

"거짓말하는 거 딱 질색이라고 했잖아."

스텐느가 툴툴거리듯 말했지만 키다리는 계속 큭큭거렸습니다.

두 아이는 오벨부리로 가는 길로 걸어갔습니다.

공장들은 전투를 앞둔 프랑스 군이 차지하고 있었습니다. 하늘 높이 솟아오른 굴뚝들은 금이 간 채 더 이상 연기를 뿜지 않았습니다. 그것들을 바라보는 스텐느는 마치 꿈속인 양 멍했습니다.

공장 앞에서는 모자를 쓴 장교가 쌍안경으로 먼 곳을 살펴보고 있었습니다. 그 장교 옆에는 다른 군인이 서 있었습니다.

길을 잘 아는 키다리는 그들을 피하여 밭을 가로질러 갔습니다. 그러나 의용병 부대가 있는 경비 초소만은 피해 갈 수가 없었습니다.

 "정지! 누구냐?"

 보초병이 총을 겨누며 소리쳤습니다.

 "군인 아저씨, 잠시만요. 우리 식구가요, 사흘째 굶고 있어요."

 키다리가 또 능청을 떨었습니다.

 "모두 축 늘어져 있어요. 병든 어머니는 숨이 끊어질 것 같아요."

 "그 얘길 왜 나한테 해?"

 보초는 냉정했습니다.

 "어머니가 돌아가시기 전에 감자라도 주워서 삶아 드리려고요. 좀 지나가게 해 주세요."

 키다리는 포기하지 않고 사정했습니다.

"안 돼, 통과할 수 없어!"

보초가 화를 내며 쏘아붙였습니다.

그러자 키다리는 눈물을 흘리는 척하며 계속 사정했습니다.

"아저씨……."

그때였습니다. 군인 한 명이 다가왔습니다. 머리가 허옇게 세고 주름이 쪼글쪼글한 중사였는데, 스텐느의 아버지와 비슷한 모습이었습니다.

"개구쟁이들아, 울지 마라. 감자를 주우러 가도 좋다. 그런데 이 아이는 꽁꽁 언 것 같구나."

그 군인은 떨고 있는 스텐느를 들여다보았습니다.

"몸 좀 녹이고 가야겠구나."

중사는 두 아이를 데리고 오두막 안으로 들어갔습니다. 그러자 머쓱해진 보초가 혀를 찼습니다.

오두막 안에는 꺼져 가는 불을 가운데 두고 군인 몇 명이 웅크리고 있었습니다. 총 끝에 꽂힌 칼에 비스킷을 꿰어 굽고 있었습니다. 군인들은 서로 바싹 다가앉으며 두 아이에게 자리를 내주었습니다. 구운 비스킷과 커피도 나누어 주었습니다.

그때 한 장교가 문 앞으로 다가와 마음씨 좋은 중사를 불러냈습니다. 중사가 다가가자 뭐라고 귀엣말을 한 뒤 잽싸게 가 버렸습니다.

돌아온 중사가 환한 얼굴로 말했습니다.

"잘 들어라. 오늘 밤에 한바탕 싸움이 벌어질 것 같다. 프러시아 군의 암호를 알아냈다."

순간 키다리의 눈이 반짝 빛났습니다.

"이번에야말로 빼앗긴 부르제를 되찾을 거야."

중사의 말이 끝나기 무섭게 만세 소리가 터졌습

니다. 기쁜 웃음소리도 터졌습니다. 노랫소리와 함께 모두 총을 닦으며 전투 준비를 했습니다.

그런 시끄러운 틈을 타 키다리가 스텐느를 밖으로 잡아끌었습니다.

둘은 온통 하얀 들판을 바삐 걸어갔습니다. 들판 끝에 흰 벽이 길게 이어져 있었습니다. 벽에는 적을 쏘기 위한 구멍들이 뚫려 있었습니다.

"감자를 줍는 척해."

키다리가 몸을 굽히며 낮게 말했습니다.

두 아이는 감자를 줍는 것처럼 몸을 굽히며 벽을 향해 갔습니다.

"돌아가자."

스텐느가 떨리는 목소리로 속삭이듯 말했습니다.

"그만두자니까!"

하지만 키다리는 어깨를 으쓱거리며 계속 걸어
갔습니다.

찰카닥, 갑자기 총에 총알 재는 소리가 났습니
다.

"엎드려!"

키다리가 잽싸게 땅에 엎드리며 말했습니다. 그
러고는 휘파람을 불었습니다. 그러자 다른 휘파
람이 눈 위에서 답했습니다.

두 아이는 앞으로 기어갔습니다.

흰 벽 앞에 이르자, 더러운 베레모를 쓴 노란 수
염의 사나이가 고개를 내밀었습니다.

키다리는 그 프러시아 병사 옆으로 뛰어내렸습
니다.

"제 동생이에요."

스텐느를 가리키며 말했습니다.

프러시아 병사는 웃으면서 스텐느를 안아 참호 건너편으로 건네주었습니다.

벽 뒤쪽에는 큰 흙더미와 쓰러진 나무가 있었습니다. 눈 속에 시커먼 구멍들이 나 있었습니다. 구멍마다 더러운 베레모를 쓴 프러시아 병사들이 있었습니다. 그들은 두 아이가 지나가는 것을 보고 웃었습니다.

한쪽 구석에 통나무로 만든 이층집이 있었습니다.

일층에는 장교가 아닌 일반 군인들이 우글거렸습니다. 카드놀이를 하거나 빨갛게 타오르는 불에 수프를 끓이고 있었습니다. 양배추와 돼지고기 냄새가 맛있게 났습니다.

이층에는 장교들이 있었습니다. 그들은 피아노를 치거나 술을 마시고 있었습니다.

"오, 왔구나!"

두 아이가 들어오자 장교들은 기뻐하며 소리쳤습니다.

두 아이는 품속에서 꺼낸 신문을 넘겨주었습니다.

"음, 수고했어."

장교들은 두 아이에게 몸을 녹이라며 술을 먹였습니다. 그러고는 두 소년에게 말을 시켰습니다. 모두 무섭고 심술궂어 보였습니다.

술이 좀 오른 키다리는 마치 파리 뒷골목의 아이 같았습니다. 건달처럼 지껄이는 그의 말에 장교들은 웃음을 터뜨렸습니다.

스텐느도 무슨 짓이든 하고 싶었습니다. 자기도 바보가 아니라는 것을 보여 주고 싶었습니다. 그러나 어쩐지 입을 뗄 수가 없었습니다.

스텐느는 바로 앞에 앉아 있는 장교가 젊어 보였다 늙어 보였다 했습니다. 책을 들고 있는데, 읽기보다는 읽는 척하고 있는 것처럼 보였습니다. 술기운 때문에 정확하게 보이지 않는 것입니다.

그 장교는 스텐느에게서 눈길을 떼지 않았습니다. 그 눈길에는 다정함과 비웃음이 섞여 있었습니다.

"내 자식이 이런 짓을 한다면, 차라리 죽는 것이 낫겠다……."

이렇게 말하고 있는 것 같았습니다.

스텐느는 갑자기 가슴이 답답했습니다. 누군가가 손으로 자기 가슴을 꽉 억누르는 것 같았습니다.

"아……."

스텐느는 괴로웠습니다. 그 괴로움에서 벗어나

기 위해 술을 마시기 시작했습니다.

이윽고 주위가 빙빙 돌았습니다. 낄낄거리는 웃음소리가 들렸습니다. 그 웃음 속에 프랑스 군을 비웃는 소리가 희미하게 들려왔습니다. 키다리의 비웃음 소리였습니다.

프랑스 군을 비웃고 흉보던 키다리가 갑자기 목소리를 낮추었습니다. 그러자 두 눈을 크게 뜬 프러시아 장교들이 키다리에게 몰려들었습니다.

"오늘 밤, 프랑스 의용병이……."

키다리는 프랑스 군대가 쳐들어온다는 것을 알려 주고 있는 것이었습니다.

그 순간, 스텐느는 술이 확 깼습니다.

"안 돼!"

벌떡 일어나서 소리쳤습니다.

"그건 안 돼!"

부들부들 떨며 말했습니다. 그러나 한 번 씩 웃어 보인 키다리는 비밀을 계속 말했습니다.

키다리의 말이 채 끝나기도 전에 장교들이 일어섰습니다. 그중 하나가 키다리에게 은화가 들어 있는 주머니를 던져 주었습니다.

그러고는 문 쪽을 가리키며 말했습니다.

"당장 썩 꺼져!"

그러더니 독일어로 재빠르게 지껄이기 시작했습니다. 그러자 몰려들었던 장교들이 바쁘게 움직였습니다. 프랑스 군대와 맞서 싸울 준비를 하는 것이었습니다.

키다리가 은화를 쩔렁거리며 통나무집을 나섰습니다.

고개를 푹 숙인 스텐느가 그 뒤를 따랐습니다. 자기를 물끄러미 바라보고 있던 프러시아 장교

앞을 지나갈 때,

"그러면 안 돼."

하는 장교의 슬픈 목소리가 들렸습니다. 스텐느의 생각과는 달리 참되고 착실한 장교였습니다.

"그건 나쁜 짓이야."

등 뒤에서 들리는 그 장교의 말에, 스텐느는 가슴이 아팠습니다. 자신도 모르는 사이에 눈물이 나왔습니다.

들판으로 나간 두 아이는 재빨리 뛰었습니다. 어깨에 멘 자루에는 프러시아 군인들이 준 감자가 가득 들어 있었습니다.

"감자를 많이 주웠구나."

그 감자 덕분에 프랑스 부대의 초소를 무사히 통과할 수 있었습니다. 의용병들은 오늘 밤 프러시아 군대를 습격할 준비를 하고 있었습니다.

나이 많은 중사도 전투 준비를 하고 있었습니
다.

"빨리 가서 어머니께 감자를 삶아 드려라."

두 소년이 지나가는 것을 보고 상냥하게 웃어
보였습니다.

"아!"

중사의 미소에 스텐느는 또 얼마나 가슴이 아팠
는지 모릅니다.

'프러시아 병사들이 있는 곳에 가지 마세요!'

스텐느는 소리치고 싶었습니다.

"우리가 당신들을 배신했어요!"

이렇게 소리치려는 순간 키다리가 말했습니다.

"입 다물고 있어. 쓸데없이 지껄이면 우린 죽고
말아."

그 말에 무서워진 스텐느는 아무 말도 할 수 없

었습니다.

어느 낡은 빈집에서 둘은 돈을 나누었습니다. 스텐느의 호주머니 속에서 은화가 쩔렁거렸습니다.

'이제 광장에서 팽이 놀이를 할 수 있게 됐어.'

이런 생각에 스텐느는 별로 큰 죄를 지은 것도 아니라고 느껴졌습니다.

스텐느는 광장 근처에서 키다리와 헤어졌습니다.

그 순간부터 호주머니가 굉장히 무겁게 느껴졌습니다. 가슴을 누르고 있던 손이 더 센 힘으로 누르는 것 같았습니다. 지나가는 사람들이 자신을 싸늘한 눈초리로 쏘아보는 것만 같았습니다.

"우린 네가 한 짓을 알아."

"넌 간첩이야."

"나쁜 녀석 같으니라고."

이런 말들이 여기저기서 화살처럼 날아오는 것 같았습니다.

스텐느는 가까스로 집에 도착했습니다. 아버지는 아직 돌아오지 않았습니다. 그제야 마음이 좀 놓였습니다.

서둘러 자기 방으로 들어갔습니다. 은화들을 베

개 밑에 감추었습니다. 그러자 무거웠던 마음이 가벼워졌습니다.

해 질 무렵 집으로 돌아온 아버지는 힘이 없어 보였습니다. 프러시아 군이 점점 다가오고 있다는 뉴스가 나왔다는 것이었습니다.

저녁을 먹는 동안 아버지는 자꾸만 벽에 걸린 총을 바라보았습니다.

"네가 조금만 더 컸더라면 프러시아 놈들에게 한 방 먹이러 가는 건데……."

프랑스 의용병이 되어 싸우러 가고 싶은데 스텐느 때문에 가지 못한다는 것이었습니다.

"쿵!"

저녁 여덟 시쯤 대포 소리가 들렸습니다.

"부르제에서 싸우고 있는 거야."

"싸우고 있다고요?"

"그래, 우리 의용병과 프러시아 놈들이 한판 붙은 거야."

"……."

스텐느는 얼굴이 새파랗게 질려 버렸습니다. 몹시 피곤하다며 자기 방으로 갔습니다.

침대에 누웠습니다. 그러나 잠이 오지 않았습니다. '쿵, 쿵!' 대포 소리는 끊임없이 들려왔습니다.

어둠을 뚫고 프러시아 군을 습격하는 프랑스 의용병들이 프러시아 군인들에게 공격을 받는 장면이 떠올랐습니다.

많은 의용병이 눈 속에 쓰러진 모습이 눈앞에 어른거렸습니다. 그중에는 마음씨 좋은 중사도 있었습니다.

'사람들의 목숨과 바꾼 은화가 베개 밑에 숨겨져 있다.'

스텐느는 숨이 막힐 것 같았습니다.

'내가 그 사람들을 죽인 거야!'

눈물이 흐르기 시작했습니다.

옆방에서 아버지가 창문을 여닫는 소리가 들렸습니다.

아래 광장에서 집합 나팔 소리가 울렸습니다. 진짜 전투가 벌어진 것이었습니다.

'내가 그런 짓을 하다니…….'

스텐느는 솟구쳐 오르는 울음을 참을 수가 없었습니다. 그래서 소리 내어 울었습니다.

"무슨 일이냐, 스텐느?"

놀란 아버지가 방으로 들어오며 물었습니다.

"아버지!"

어깨를 들썩이며 울던 스텐느는 침대에서 뛰어내려 아버지 발밑에 무릎을 꿇었습니다.

"쨍그랑쨍그랑."

그 바람에 은화들이 굴러떨어졌습니다.

"아니, 이게 뭐냐?"

아버지는 더 놀랐습니다.

"훔친 거냐?"

몸을 떨며 물었습니다.

"아버지……."

스텐느는 울면서 말했습니다. 프러시아 병사들에게 갔던 일이며, 가서 한 짓을 모두 털어놓았습니다. 그러자 마음이 후련해지고 어깨가 가벼워졌습니다.

"뭐가 어째?"

무서운 얼굴로 아들의 말을 듣고 있던 아버지는 손으로 얼굴을 가리고 울었습니다.

"스텐느, 네가 어쩌다가 그런 끔찍한 일을……."

"아버지……, 아버지!"

아버지의 팔에 매달린 스텐느는 눈물로 용서를 빌었습니다.

아버지는 그런 아들을 힘차게 뿌리쳤습니다. 방으로 가더니 총을 움켜쥐고 돌아왔습니다.

"이게 다냐?"

은화를 가리키며 묻는 아버지의 물음에 스텐느는 고개를 끄덕였습니다.

아버지는 그 은화들을 호주머니에 넣으며 말했습니다.

"좋아! 프러시아 놈들에게 돈을 돌려주고 오겠다."

아버지는 집을 나섰습니다.

광장으로 간 아버지는 프랑스 의용군에 들어갔습니다.

그날 밤 뒤로 스텐느는 아버지의 모습을 볼 수
없었습니다.

아무도 볼 수 없었습니다.

La Chèvre de Monsieur Seguin

스갱 씨의 염소

스갱 씨의 염소

스갱 씨는 젊지도 늙지도 않은 남자입니다.

염소 키우는 것을 좋아했는데, 한 번도 재미를 본 일이 없었습니다. 매번 똑같은 방법으로 염소들을 잃어버리곤 했습니다.

염소들은 곧잘 줄을 끊고 산속으로 도망쳤습니다. 그러고는 이리에게 잡아먹히는 것이었습니다.

스갱 씨가 그렇게 귀여워해 주는데도 소용없었습니다. 아무리 이리가 무서워도 염소들은 도망치고 말았습니다. 아마도 염소들은 자연이 그립고, 자유롭게 살고 싶었던 모양입니다.

스갱 씨는 슬픔에 잠겼습니다.

"이제 염소 기르는 것을 그만두어야겠어. 다시는 기르지 않을 거야. 한 마리도 기르지 않을 거야."

그러나 그것은 말뿐, 스갱 씨는 포기하지 않았습니다.

일곱 번째 염소를 또 샀습니다. 이번에는 길이 잘 들여진 어린 암염소였습니다.

아기 염소는 정말 귀여웠습니다. 상냥한 두 눈에, 붙여 놓은 것 같은 턱수염, 까맣고 반들반들

윤이 나는 발굽, 길고 하얀 털, 얼룩진 뿔, 참으로 예쁜 염소였습니다.

"네 이름은 블랑케트야."

이름도 지어 주었습니다.

아기 염소 블랑케트는 온순하고 붙임성이 있어서 스갱 씨를 잘 따랐습니다.

좀 더 자라자 스갱 씨는 블랑케트의 젖을 짜기 시작했습니다. 블랑케트는 젖을 짤 때, 그릇 속에 발을 집어넣는 일도 없이 얌전히 서 있었습니다.

스갱 씨의 집 뒤에는 배나무로 울짱을 두른 밭이 있었습니다. 그곳에 블랑케트를 넣어 두었습니다. 밧줄을 길게 하여 새로

운 풀이 나 있는 곳에 매어 놓았습니다. 그러고는 가끔 블랑케트를 보러 갔습니다. 맛있게 풀을 뜯는 모습이 행복해 보였습니다.

블랑케트의 그런 모습에 스갱 씨도 매우 기뻤습니다.

'음, 마침내 내 집을 싫어하지 않는 염소가 왔군.'

스갱 씨는 흐뭇했습니다. 그러나 그것은 스갱 씨 혼자만의 생각이었습니다.

블랑케트는 얼마 가지 않아 지루해지기 시작했습니다.

'저곳에 가면 얼마나 좋을까!'

어느 날, 염소 블랑케트는 산을 바라보며 이런 생각을 했습니다.

'이렇게 목살이 벗겨지는 지겨운 밧줄 없이 수

풀을 마음껏 뛰어다니면 좋을 텐데…….'

블랑케트는 목을 묶은 밧줄에서 빠져나오려 했지만 어림도 없었습니다.

'울쌍을 친 밭에 갇혀서 풀이나 뜯고 있다니.'

날마다 더 넓은 곳으로 뛰쳐나가고 싶었습니다.

그때부터 밭의 풀은 맛이 없었습니다. 모든 일이 따분하기만 했습니다. 몸이 바짝 마르고 젖도 잘 나오지 않았습니다.

하루 종일 고삐를 잡아당겨 산 쪽만 바라보았습니다. 콧구멍을 벌름거리며 슬픈 듯이 '매애' 울었습니다.

"블랑케트야, 왜 그래?"

스갱 씨가 물어보았지만 염소는 계속 울기만 했습니다.

"블랑케트, 왜 우느냐고?"

까닭을 모르는 스갱 씨는 답답하기만 했습니다.

어느 날 아침이었습니다.

스갱 씨가 젖을 짜고 나자 블랑케트가 말했습니다.

"스갱 씨, 저를 산으로 가게 해 주세요."

"뭐라고? 너마저……."

스갱 씨는 어이가 없었습니다.

"블랑케트, 내 곁을 떠나겠다는 거니?"

"네, 스갱 씨."

"풀이 적어서 그러니?"

"아니에요. 그게 아니에요."

"고삐가 짧아서 그러니, 좀 더 길게 해 줄까?"

"그러실 필요 없어요."

"그래? 그럼, 무얼 원하는 거냐?"

"산으로 가고 싶어요."

"그건 안 돼. 산에는 사나운 이리가 있어."

"이리요? 그까짓 것 뿔로 받아 버리면 되지요."

염소는 뿔로 받는 시늉을 해 보였습니다.

"네 뿔을 두려워할 이리가 아니야. 너보다 훨씬 뿔이 큰 어른 염소도 몇 마리나 잡아먹었는지 몰라."

스갱 씨는 겁을 주며 염소를 달랬습니다. 그리고 작년에 있었던 르노드 아주머니 사건을 얘기해 주었습니다.

르노드 아주머니는 숫염소처럼 힘이 세고 심술 궂은 왕초 암염소였습니다. 그런데 어느 날 울짱을 뛰쳐나갔습니다.

"밤새껏 이리와 싸웠지. 하지만 아침에 결국 잡아먹히고 말았어."

"그게 나하고 무슨 상관이에요? 나를 산으로 보

내 주세요."

"하느님, 맙소사! 아니, 우리 집 염소들은 도대체 왜들 그러는 거야? 안 돼. 너를 이리에게 줄 수 없어!"

"스갱 씨……."

"글쎄, 안 된다니까!"

스갱 씨는 캄캄한 오두막에 염소를 집어넣었습니다.

"꼼짝 말고 이 안에만 있어."

철컥, 문을 잠갔습니다. 그런데 창문 닫는 것을 깜빡했습니다.

스갱 씨가 돌아가자 잠시 후, 블랑케트는 열린 창문을 넘어 사라졌습니다.

산에 도착하자 산에 사는 모두가 블랑케트를 환영해 주었습니다. 이제까지 그렇게 아름다운 흰 염소를 본 적이 없었습니다.

모두 여왕처럼 맞아 주었습니다. 밤나무는 블랑케트를 쓰다듬으려고 허리를 땅까지 구부렸습니다. 황금빛 금잔화는 블랑케트가 지나가는 길에 꽃을 피우고, 좋은 향기를 한껏 내뿜었습니다. 그렇게 온 산이 반겨 주었습니다.

블랑케트는 얼마나 기뻤는지 모릅니다. 드넓은 산을 마음껏 뛰어다니며 풀을 뜯었습니다.

"어쩌면 이렇게 풀이 많이 나 있을까!"

뿔이 묻힐 정도로 풀이 가득했습니다.

"아, 맛있다!"

스갱 씨네 밭의 풀하고는 맛이 전혀 달랐습니다.

블랑케트는 온갖 들꽃 향기에 취해 벌렁 드러누웠습니다.

"야호!"

그러다 벌떡 일
어나 달려갔습니다. 작
은 나무숲을 지나 가파른
벼랑을 뛰어 올라갔습니다. 높

은 곳과 낮은 곳을 가리지 않고 마음껏 뛰어다녔
습니다.

흰 염소 블랑케트는 무서울 게 없었습니다. 빠
르게 흐르는 개울물을 뛰어넘다가 물을 뒤집어쓰
기도 했습니다. 그러면 평평한 바위에 누워 흠뻑
젖은 몸을 말렸습니다.

다시 일어난 블랑케트는 금잔화 언덕으로 올라
갔습니다.

아래쪽 들판을 내려다보자 스갱 씨네 집이 보였
습니다.

"애개, 작은 상자만 하네. 저게 무슨 집이야?"

블랑케트는 눈물이 나올 만큼 웃었습니다.

"내가 어떻게 저 집에서 살았지?"

자기도 이 세상만큼이나 커다란 것 같은 기분이 들어 우쭐거렸습니다.

점심시간이 되자 머루를 어적어적 씹고 있는 산양 틈에 끼어들었습니다.

"아, 눈부셔라!"

흰 털을 가진 블랑케트는 산양들의 눈길을 끌었습니다.

"이걸 먹어."

젊은 산양들은 가장 좋은 머루 덩굴을 양보해 주었습니다. 그중에서도 검은 털 산양이 가장 친절하게 대해 주었습니다.

"고마워."

둘은 사이좋게 숲속을 거닐었습니다.

스갱 씨네 염소 블랑케트에게는 더없이 멋진 날이었습니다. 이제까지 살아오면서 그렇게 자유롭고 행복한 날이 없었습니다.

그런데 갑자기 바람이 차가워졌습니다. 산이 보랏빛으로 물들기 시작했습니다. 저녁때가 된 것입니다.

"벌써 해가 지다니."

블랑케트는 멈추어 섰습니다.

산 아래 들판은 안개 속에 가라앉았습니다. 스갱 씨네 집도 연기가 피어오르는 작은 지붕만 조금 보였습니다.

둥지로 돌아가던 매 한 마리가 블랑케트를 스치고 지나갔습니다.

"아유, 깜짝이야!"

블랑케트는 몸을 부르르 떨었습니다.

해가 지자 산속 짐승들이 울부짖는 소리가 들렸습니다. 그중에서도 이리의 울음은 무섭게 들렸습니다.

"뚜뚜, 따따."

마침 그때, 골짜기 사이로 나팔 소리가 울려 퍼졌습니다. 다정한 스갱 씨가 블랑케트를 찾으려고 부는 나팔 소리였습니다.

"우, 우."

이리는 계속 울부짖었습니다.

"돌아와. 돌아와, 블랑케트!"

스갱 씨의 목소리와 함께 나팔도 계속 소리쳤습니다.

"알았어요, 아저씨."

블랑케트는 집으로 돌아가기로 마음을 먹었습

니다. 그러나 순간, 자기를 꼼짝 못 하게 묶어 놓
는 말뚝과 고삐 그리고 삥 둘러 쳐진 울짱이 떠올
랐습니다.

블랑케트의 마음은 다시 변했습니다.

'그런 답답한 생활은 싫어. 자유롭고 행복한 여기 있는 게 더 좋아.'

그 자리에 서서, 어둠 속에 묻힌 스갱 씨네 집과 밭을 내려다보았습니다. 어느새 나팔 소리는 점점 멀어졌습니다.

그때였습니다. 뒤쪽에서 바스락거리는 소리가 났습니다.

뒤돌아본 블랑케트는 흠칫 놀랐습니다. 어둠 속에서 바짝 세운 두 귀와 번쩍거리는 두 눈이 보이는 것이었습니다.

"이리다!"

블랑케트는 잔뜩 긴장했습니다. 엄청나게 큰 이리는 뒷발을 웅크리고 앉은 채 꼼짝도 하지 않았습니다.

'내 저녁밥이군.'

블랑케트를 뚫어져라 쳐다보며 입맛을 다셨습니다.

'스갱 씨네 염소로군. 아주 맛있겠는걸, 후후 후……'

크고 빨간 혀로 날카로운 이빨을 핥았습니다.

"큰일 났다!"

블랑케트는 덜컥 겁이 났습니다. 밤새껏 이리와 싸우다가 아침이 되어 잡아먹힌 르노드 아주머니 이야기가 번쩍 떠올랐습니다.

"나도 용감한 염소야!"

블랑케트는 떡 버티고 섰습니다.

"덤빌 테면 덤벼!"

머리를 숙이고 뿔을 앞으로 내밀며 싸울 준비를 했습니다.

"건방진 것."

이리가 앞으로 걸어 나왔습니다.

"이얏!"

블랑케트가 덤벼들었습니다.

"어? 요게 제법인데."

이리는 이리저리 피해 다녔습니다.

"네가 우리 스갱 씨네 염소를 다 잡아먹었지? 나쁜 놈!"

블랑케트는 열 번도 더 이리를 공격했습니다. 정말 용감했습니다.

한참을 싸우다 지친 블랑케트는 향기로운 풀을 한입 가득 뜯어 물었습니다.

"너를 용서할 수 없어!"

풀 향기로 기운을 차리며 다시 싸웠습니다.

싸움은 밤새도록 계속되었습니다.

맑은 하늘에서 별들이 반짝였습니다.

'새벽까지 버티면 좋겠는데……'

블랑케트는 가끔 그 별들을 보며 생각했습니다.

'르노드 아주머니보다 오래 버텨야 할 텐데.'

블랑케트는 점점 더 거세게 뿔로 이리를 들이받았습니다.

그러나 힘센 이리는 날카로운 이빨로 블랑케트를 물어뜯었습니다.

흰 염소 블랑케트의 털은 피로 물들었습니다.

하늘의 별이 하나하나 사라져 갔습니다.

마침내 먼동이 텄습니다.

"꼬끼오!"

목쉰 닭의 울음소리가 저 아래 밭에서 들려왔습니다.

"아, 날이 샜다!"

블랑케트가 비틀거렸습니다.

"르노드 아주머니보다 더 오래 버텼어."

가엾은 염소 블랑케트가 중얼거렸습니다.

그러고는 땅에 픽 쓰러졌습니다. 아름다운 털을 피로 물들인 채였습니다.

"이제 배를 채워 볼까, 으흐흐흐."

이리는 염소를 먹기 시작했습니다.

La Legende de l'homme a la Cervelle d'or

황금 두뇌를 가진 사나이

황금 두뇌를 가진 사나이

옛날에 황금 두뇌를 가진 사나이가 있었습니다.

머릿속이 완전히 노란 금으로 된 사나이였습니다.

그가 세상에 태어났을 때, 사람들은 이렇게 생각했습니다.

"머리가 너무 크고 무거워서 별로 오래 살지 못

할 거야."

그러나 아이는 아름다운 올리브나무처럼 무럭
무럭 자라났습니다.

하지만 커다란 머리를 제대로 가누지 못했습니
다. 걸어 다닐 때마다 이것저것에 부딪혔습니다.
중심을 잡지 못해 자주 넘어지기도 했습니다.

어느 날은 사다리 위에서 굴러떨어졌습니다. 또
어느 날은 대리석 계단에 머리를 부딪혔습니다.
아이는 머리에서 탁 소리를 내며 쓰러졌습니다.

"이를 어쩌면 좋아!"

"큰일 났군!"

깜짝 놀란 부모가 아이를 일으켜 세웠습니다.
그런데 놀랍게도 아이는 멀쩡했습니다. 머리카락
속에 누런 상처가 생길 뿐이었습니다.

아이의 머리를 자세히 들여다보던 부모는 깜짝

놀라 소리쳤습니다.

"아니, 황금 두뇌를 가졌잖아!"

아이의 머릿속은 노랗게 번쩍이고 있었습니다.

"다른 사람들이 알면 탐을 낼 거야."

"절대로 비밀로 해야 해요!"

부모는 그 사실을 비밀에 부쳤습니다. 그래서 아이 자신도 그 사실을 모르고 있었습니다.

"넌 오늘부터 집 밖에 나가지 마라."

부모는 아이를 집 안에서만 놀게 했습니다.

"밖에 나가서 친구들과 뛰어놀고 싶어요."

답답한 아이가 보채기라도 하면

"안 돼! 넌 납치당할 게 뻔해."

하며 어머니는 아이를 방에 가두었습니다. 한 발짝도 밖으로 내보내지 않았습니다. 그래서 아이는 무거운 머리를 가누며 이 방에서 저 방으로 돌아다녔습니다.

그런 생활을 하며 열여덟 살이 되었습니다.

부모는 비로소 신기한 두뇌 이야기를 아들에게
해 주었습니다.

"우리는 너를 지금껏 잘 돌보고 키웠어."

"그러니 그 보답으로 네 머릿속에 들어 있는 황
금을 조금만 주렴."

부모의 말에 아들은 조금도 망설이지 않았습니
다. 머리에서 호두만큼 금덩어리를 떼어 내어 어
머니에게 주었습니다.

"내 머리가 모두 황금이라니, 믿을 수가 없어!"

사나이는 자기 머릿속에 감추어진 황금을 보고
자신만만해졌습니다.

그래서 곧 집을 뛰쳐나왔습니다.

"내 황금을 마음껏 써 보자. 하고 싶은 것을 다

해 보는 거야."

사나이는 세상을 두루 돌아다니며 물 쓰듯이 돈
을 썼습니다. 누구보다 화려하고 사치스럽게 살
았습니다.

그의 황금 두뇌는 보물 창고처럼 보였습니다.
떼어 내고 또 떼어 내도 황금은 바닥나지 않았습

니다.

　그러나 사실은 그게 아니었습니다. 사나이의 뇌
는 점점 줄어들었습니다. 그와 함께 눈빛이 흐려
지고, 양쪽 볼도 홀쭉해졌습니다.

　싫증이 날 만큼 많이 먹고 마신 다음 날 아침이
었습니다.

"아니!"

거울에 비친 자신의 모습을 본 사나이는 깜짝 놀라고 말았습니다.

자기의 머리에 구멍이 뻥 뚫려 있는 것이었습니다.

"안 되겠다. 이러다가 뇌가 다 없어지면 내가 죽을지도 몰라."

크게 뉘우친 사나이는 새로운 생활을 시작하기로 마음먹었습니다.

"황금 두뇌를 가졌다는 사실을 잊어버려야 해. 일을 해서 돈을 벌어야지."

사나이는 다른 사람처럼 열심히 일해 돈을 벌었습니다.

"내게 황금 두뇌는 없어!"

황금 두뇌에 대한 꼬임으로부터 벗어나 구두쇠

처럼 살았습니다.

그러던 어느 날, 불행하게도 한 친구가 사나이의 비밀을 알아냈습니다.

어느 날 밤이었습니다.

사나이는 머리가 몹시 아파 깨어났습니다.

순간, 외투 속에 무언가를 감춘 채 도망가는 친구를 발견했습니다.

"어? 내 뇌가 조금 없어졌어!"

그 일이 있은 후 다시는 뇌를 도둑맞지 않기 위해 사나이는 매우 조심했습니다. 잠을 잘 때에는 방문을 꼭 걸어 잠그고 잤습니다.

얼마 뒤, 황금 두뇌의 사나이는 한 여자를 사랑하게 되었습니다. 금빛 머리칼을 가진 인형 같이 귀여운 아가씨였습니다.

사나이는 그 아가씨를 진정으로 사랑했습니다.

아가씨 역시 황금 두뇌 사나이를 열정적으로 사랑했습니다.

사나이는 아가씨에게 좋은 것을 사 주고 싶어서 황금 두뇌를 조금씩 떼어 팔았습니다.

그런데 사치스러운 아가씨는 황금을 물 쓰듯 허투루 써 버렸습니다.

"황금을 더 줘요."

아가씨가 손을 내밀면 사나이는 한 번도 거절하지 않았습니다. 그리고 황금이 자신의 머릿속에서 나온다는 비밀도 말하지 않았습니다. 사랑하는 아가씨를 놀라게 하고 싶지 않았던 것입니다.

"당신은 굉장한 부자죠?"

"그럼, 아주 큰 부자지."

아가씨가 물어보면 사나이는 이렇게 대답했습니다. 자신의 두뇌를 파먹는 작은 파랑새 같은 아

가씨에게 미소를 지어 주었습니다.

그런데 혼자 있을 때면 때때로 두려움에 사로잡혔습니다.

"이러다 뇌가 다 없어지면 나는 죽고 말겠지."

사나이는 절약해서 살아야 한다고 다짐하곤 했습니다.

그러나 그럴 때마다 사나이 곁으로 온 여자가 파랑새처럼 조잘거렸습니다.

"당신은 굉장한 부자예요. 내 마음에 드는 것들을 모두 사 줄 수 있죠? 갖고 싶은 게 있는데……"

그러면 사나이는 또 결심을 잊고 아가씨가 원하는 것을 사 주었습니다.

그렇게 이 년이 흘렀습니다.

어느 날, 귀엽고 사랑스러운 아가씨는 새처럼 세상을 떠났습니다.

사나이는 사랑하는 아가씨를 위해 장례식을 성대하게 치러 주었습니다. 울려 퍼지는 종소리, 검은 커튼을 무겁게 드리운 마차, 깃털로 장식한 말들 그리고 아가씨가 좋아하던 하얀 깃털 장식 등······.

　"아, 이제 와서 황금이 무슨 소용이야!"

　슬픔에 잠긴 사나이는 남은 황금을 떼어 냈습니다. 그리고 장례식을 위해 애쓴 교회와 상여꾼에게 주었습니다. 꽃 파는 소녀들에게도 아낌없이 주어 버렸습니다.

　장례식이 끝나고 돌아올 때는 약간의 황금만 남아 있을 뿐이었습니다.

　사나이는 두 손을 쳐들고 비틀비틀 거리를 걸어 다녔습니다. 마치 정신이 나간 사람 같았습니다.

　저녁이 되어 하나 둘 상점에 불이 켜지자 사나

이는 커다란 진열장 앞에 멈추어 섰습니다.

상점 안에 있는 예쁜 옷들과 장식품들이 불빛을 받아 빛났습니다.

"음, 저거야."

사나이는 백조의 깃털로 가장자리를 두른 푸른색 여자 구두를 바라보았습니다.

"저 구두를 사다 주면 좋아할 거야."

아가씨가 죽었다는 사실도 잊고 미소 지으며 중얼거렸습니다. 그러고는 마지막 금 조각을 떼어내고 상점 안으로 들어갔습니다.

"계세요?"

부르는 소리에 주인 여자가 나왔습니다.

머리에서 피가 흘러내리는 사나이가 괴로운 얼굴로 주인 여자를 바라보았습니다.

"어서 오······, 헉!"

주인 여자는 무서워서 뒷걸음질 쳤습니다.

사나이가 구두를 집어 들었습니다.

그리고 다른 한 손으로는 마지막 금 조각을 내밀며 이렇게 말했습니다.

"이거면 충분하겠죠?"

La Mort du Dauphin

왕자의 죽음

왕자의 죽음

어린 왕자가 병이 들었습니다.

"왕자의 병이 하루빨리 낫게 하여 주옵소서!"

나라 안의 모든 교회에서 기도를 드렸습니다. 커다란 초에 불을 켜 놓은 채 낮이나 밤이나 기도를 올렸습니다.

"왕자님의 병이 깊어지고 있대."

성 안은 발칵 뒤집혔습니다. 시종과 하인들은 종종걸음으로 바삐 오갔습니다.

비단옷을 입은 신하들은 이리저리 돌아다니며 수군거렸습니다. 시녀들도 예쁜 손수건으로 눈물을 닦으며 소곤거렸습니다. 모두가 왕자의 병이 나았다는 소식이 전해지기를 기다렸습니다.

유리창 너머로 가운을 입은 의사들의 소매가 움직이는 게 보였습니다. 서로 고개를 끄덕이는 모습도 보였습니다.

왕자를 가르치는 선생님과 왕자의 시종들은 의사의 발표를 기다리며 문 앞에서 서성거렸습니다.

마구간 쪽에서는 구슬

픈 울음소리가 들려왔습니다. 왕자의 갈색 말이 울부짖는 소리였습니다.

임금은 성 끝에 있는 방에 홀로 있었습니다. 남에게 눈물을 보이지 않기 위해서였습니다.

그러나 왕비는 그렇지 않았습니다. 어린 왕자의 머리맡에 앉아서 소리 내어 울고 있었습니다. 그 고운 얼굴을 눈물로 흠뻑 적시면서 말입니다.

어린 왕자는 침대에 누워 눈을 감고 있었습니다. 잠든 것처럼 보였지만 잠이 든 건 아니었습니다.

"어마마마, 왜 우세요? 제가 죽을 것 같으세요?"

얼굴을 돌린 왕자가 왕비를 보며 물었습니다.

"……."

왕비는 흐느끼느라 대답을 하지 못했습니다.

"울지 마세요, 어마마마. 저는 결코 쉽게 죽지

않아요.”

왕자의 말에 왕비의 울음소리가 더욱 커졌습니다. 그러자 왕자도 조금 두려워지기 시작했습니다.

“어마마마, 걱정 마세요! 죽음이 감히 저를 데려가진 못해요. 저는 죽음이 오는 걸 막을 수 있어요. 저는 이 나라의 왕자인걸요.”

왕자는 자신만만한 말로 왕비를 안심시켰습니다.

“어마마마, 용감한 경비병 사십 명이 제 침대를 지키게 해 주세요. 창문 아래에는 대포 백 대를 가져다 놓고 지키게 하시고요. 그렇게 하면 죽음 같은 건 얼씬도 못할 거예요.”

“알았다, 왕자야.”

왕비는 울음을 그쳤습니다.

그러고는 창을 든 경비병 사십 명을 불러들여 방 안에 둘러서게 했습니다.

"로랭, 로랭!"

왕자는 한 경비병을 불렀습니다.

경비병 로랭이 침대 쪽으로 다가갔습니다. 늙은 경비병이었습니다.

"로랭, 나는 네가 좋아. 너는 죽음이 내게로 달려들면 그 죽음을 없애야 해, 알았지?"

"물론입니다, 왕자마마!"

로랭의 꺼칠꺼칠한 뺨 위로 굵은 눈물이 흘러내렸습니다.

그때 사제가 다가왔습니다.

왕자에게 십자가를 보이며 나지막하게 말했습니다.

사제의 이야기는 오랫동안 계속되었습니다.

"뭐라고요?"

이야기를 듣던 왕자는 사제의 말을 끊었습니다.

"그게 정말입니까?"

깜짝 놀란 얼굴로 물었습니다.

사제는 천천히 고개를 끄덕였습니다.

"누군가 꼭 죽어야 한다면 나 대신 내 친구 베포를 죽게 하면 안 되나요?"

"왕자마마, 그건……."

사제가 이번에는 고개를 천천히 저었습니다.

"돈을 많이 주면 되잖아요?"

돈을 주고 친구를 자기 대신 죽게 하자는 것이었습니다. 그러자 사제는 낮은 목소리로 무엇인지 또 왕자에게 말해 주었습니다.

왕자는 더욱 놀라는 얼굴이 되었습니다.

사제가 말을 마치자 왕자는 한숨을 내쉬며 말했

습니다.

"사제님의 말씀 한마디 한마디가 저를 슬프게 하는군요. 하지만 저는 하늘나라에 가서도 왕자일 테니까 그나마 마음이 놓입니다."

"그게 무슨 말씀이십니까, 왕자마마?"

"하느님께서는 나에게 왕자에 맞는 특별 대우를 해 주실 게 아니겠어요?"

"......"

사제는 아무런 대꾸도 하지 않았습니다.

왕자는 왕비 쪽으로 고개를 돌리고 말했습니다.

"어마마마, 세상에서 가장 훌륭한 옷과 가장 예쁜 비단신을 가져다주세요."

"왕자야, 그건 어디에 쓰려고 그러니?"

왕비가 이상한 듯 물었습니다.

"천국에 가면 천사들이 있을 거예요. 그 천사들

에게 내가 왕자라는 것을 자랑하고 싶어요."

왕자의 말이 끝나자 사제는 다시 왕자를 향해 몸을 구부렸습니다. 그러고는 또 무언지 오랫동안 말했습니다.

"뭐라고?"

사제의 말이 채 끝나기도 전에 왕자는 모든 것을 알아차렸습니다.

"그럼 왕자도 별게 아니잖아!"

왕자는 벌컥 화를 내며 소리쳤습니다.

"왕자마마……"

사제가 달래려고 했지만 왕자는 더 이상 말을 들으려 하지 않았습니다.

그러고는 마침내 벽을 향해 돌아눕더니 와락 울음을 터뜨리고 말았습니다.

"아아, 이럴 수가! 왕자인 나도, 세상 그 누구도

죽음을 이길 수 없다니……"

엉엉 소리 내어 울었습니다.

Le Sous-Préfet aux Champs

숲속의 군수

숲속의 군수

군수가 길을 가고 있었습니다.

마부가 끄는 군수의 마차 뒤를 군청 직원들이 따랐습니다.

마차 안에 앉아 있는 군수의 차림새는 훌륭했습니다.

화려하게 수를 놓은 옷에, 어울리는 작은 모자

를 쓰고, 은줄을 박은 착 달라붙는 바지 차림이었습니다. 그리고 진주로 장식한 긴 칼을 차고 있었습니다.

군수는 어느 지방의 축제에 가는 길이었습니다.

"참 좋은 날씨로군!"

한껏 위엄을 부리며 축제장을 향해 달려갔습니다.

군수는 무릎 위에 놓인 가죽 가방을 내려다보았습니다.

그 가방에는 잠시 뒤 축제장에 모인 군민들에게 할 연설문이 들어 있었습니다.

"친애하는 군민 여러분……."

군수는 앉은 자리에서 연설 연습을 했습니다.

"친애하는 군민 여러분……."

그런데 다음 구절이 떠오르지 않았습니다. '친

애하는 군민 여러분'을 스무 번이나 계속해도 마
찬가지였습니다.

"마차 안이 너무 더워서 견딜 수가 없군."

군수는 짜증스러운 얼굴 표정으로 밖을 내다보
았습니다.

밖은 공기가 불이 붙은 듯 뜨거웠습니다.

한낮에 내리쬐는 햇볕 속에서 먼지가 일었습니
다.

뽀얗게 먼지를 뒤집어쓴 길가의 느릅나무에서
매미들이 시끄럽게 울어 댔습니다.

"자, 이리로 오세요, 군수님!"

언덕배기의 푸른 참나무 숲이 손짓했습니다.

"군수님이 연설문을 완성하는 데는, 이 나무 그
늘보다 더 좋은 곳이 없답니다."

"그게 정말이야?"

"네, 군수님. 이리로 오세요!"

참나무 숲이 계속 손짓하며 소리쳤습니다.

"정지!"

군수는 마차를 세웠습니다.

"저 숲속에서 연설문을 완성해 올 테니 그때까지 기다리고 있어."

마차에서 내린 군수는 직원들에게 말한 뒤 참나무 숲으로 갔습니다.

　푸른 참나무 숲속에는 예쁜 새, 향기로운 오랑
캐꽃, 풀잎 아래를 졸졸 흐르는 맑은 샘물이 있었
습니다.

　그런데 화려한 옷차림에 가죽 가방을 든 군수를
보자 새는 노래를 멈추었습니다. 샘물은 숨을 죽
이고 오랑캐꽃은 풀잎 속에 숨었습니다. 낯선 사
람을 보았기 때문이었습니다.

　"저 사람은 누구야?"

"글쎄, 아주 화려한 차림
새인데."

"생김새도 훌륭해 보여. 누
구지?"

그들은 서로에게 물었습니다.

"그래, 바로 이런 곳이야!"

시원하고 조용한 숲속으로 들어온
군수는 만족했습니다.

풀 위에 모자를 벗어 놓은 다음 참나무 아래에
앉았습니다. 그러고는 가방을 열어 종이와 붓을
꺼냈습니다.

"화가인가 봐."

휘파람새가 말했습니다. 군수가 그림을 그릴 것
처럼 보였던 것입니다.

"아니야, 화가는 아니야. 은줄을 박은 바지를 입

었으니까 왕자일 거야."

피리새가 아는 척을 했습니다.

"누군지 나는 알고 있어."

나이팅게일이 끼어들며 말했습니다. 군청 뜰에
서 한 계절을 보낸 적이 있는 늙은 새였습니다.

"저분은 화가도 왕자도 아니야. 군수님이시라
고, 군수!"

늙은 나이팅게일의 말에 온 숲이 수군거렸습니
다.

"군수래!"

"군수?"

"그런데 대머리잖아?"

큰 볏을 달고 있는 종달새
가 킁킁 웃으며 말했습니다.

"나쁜 사람인가?"

오랑캐꽃이 묻자 나이팅게일이 대답했습니다.

"천만에!"

안심이 된 새들은 다시 노래를 시작했습니다.

샘물도 풀잎 아래를 다시 흐르고, 오랑캐꽃은 그윽한 향기를 내뿜었습니다.

연설문을 고친 군수가 읽기 시작했습니다.

"친애하는 군민 여러분……."

점잖은 목소리로 읽던 군수가 뒤돌아보았습니다.

깔깔 웃는 소리가 들려서였습니다.

"누구야?"

군수는 기분이 나빴습니다.

딱따구리였습니다. 군수가 벗어 놓은 모자 위에 앉아서 깔깔 웃고 있었습니다.

"조용히 하고 있어!"

"조용히 하라고? 조용히 해야 할 사람이 누구인데 나보고 조용히 하래?"

딱따구리는 얄밉게도 꼬박꼬박 말대꾸를 했습니다.

"정말, 조용히 못해?"

얼굴이 붉어진 군수는 팔을 저어 딱따구리를 쫓아 버렸습니다. 그런 다음 목소리를 더욱 가다듬고 읽었습니다.

"흠흠, 친애하는 군민 여러분······."

군수의 부드러운 말소리에 오랑캐꽃이 말을 걸었습니다.

"군수님, 우리 향기가 달콤한가요?"

"달콤하고말고. 이 숲에서 살았으면 좋겠어."

군수의 말을 기다리기라도 한 듯 풀잎 아래를 흐르는 샘물이 노래했습니다.

머리 위 나뭇가지에서는 떼를 지어 몰려온 휘파람새가 합창을 시작했습니다.

군수는 꽃향기에 취했습니다. 그리고 새들의 노래에 정신을 빼앗겼습니다.

그는 어느새 풀 위에 누워 팔베개를 했습니다. 웃옷 단추를 끄르며 중얼거렸습니다.

"친애하는 군민 여러분……, 친애하는 군민 여러분, 친애하는……."

군수는 이제 숲의 향기와 새들의 노래에 흠뻑 취해 버렸습니다. 친애하는 군민에게는 관심이 사라져 버렸습니다.

"군수님이 어떻게 되신 거야?"

"글쎄 말이야. 축제 시간이 다 되어 가는데……."

몹시 궁금해진 군청 직원들이 작은 숲속을 기웃거렸습니다.

"아니, 군수님!"

놀란 직원들은 벌린 입을 다물지 못했습니다.

풀 위에 배를 깔고 엎드린 군수는 시를 짓고 있었습니다.

향기로운 오랑캐꽃을 잘근잘근 씹으면서 말입니다.

알퐁스도데
(Alphonse Daudet, 1840~1897)

소설가이자 극작가이며 시인이기도 한 알퐁스 도데는 1840년 프랑스의 님므에서 태어났습니다.

어렸을 때 건강하지 못하고 시력도 좋지 않았지만, 머리가 뛰어나게 좋아서 공부를 잘했습니다.

하지만 아버지의 공장이 망하면서 가정도 어려워져 중학교를 중퇴했습니다. 그리고 중학교에서 심부름꾼으로 일하면서 소년 시절을 보냈습니다.

열여덟 살 때, 파리에 있는 형의 도움을 받아 문학 공부를 했습니다.

1868년에는 「꼬마」라는 소설을 발표하여 작가로 인정받게 되었습니다. 가난 때문에 대학에도 가지 못하고 가정교사를 하던 시절의 괴로운 추억을 모아서 쓴 소설이었습니다.

이듬해인 1869년에 내놓은 단편 모음집『풍차 방앗간 편지』는 도데의 대표작이라고 할 수 있습니다. 이 작품집에는 햇볕이 쨍쨍 내리쬐는 아름다운 고향 프로방스의 풍경 그리고 깨끗하고 꾸밈없는 고향 사람들의 생활을 그린 작품들이 담겨 있습니다.

1870년 보불전쟁(프러시아와 프랑스 사이에 벌어진 전쟁)이 발발하자 도데는 참전했습니다.

이후 전쟁에서 겪은 일을 바탕으로 쓴 단편 모음집 『월요이야기』를 냈습니다. 1873년에 낸 이 단편집 역시 많은 사람들을 감동시켰습니다.

그 밖에도 훌륭한 작품을 많이 남긴 도데는 1897년 57세의 나이로 파리에서 세상을 떠났습니다.

알퐁스 도데는 전 세계적으로도 많은 사랑을 받는 작가이지만 특히 한국인에게 변함없는 대중적인 사랑을 받아 오고 있습니다. 그 이유는 한국인들이 직접적으로 표현하기보다 여백의 미를 두어 표현하고 싶어 하는 인간 내면의 '사랑'이라는 감정, '정'이라는 감정을 풍부한 서정성과 잔잔한 묘사로 은유하고 있기 때문입니다.

그의 작품은 우리가 특별히 소리 내어 '사랑' '슬픔'이라고 말하지 않아도 이미 그의 문장과 문장 사이에서 그 감정을 충분히 느끼도록 만들어 줍니다.

아마도 알퐁스 도데가 선천적으로 지니고 있었던 예민한 감수성, 시인과 같은 매우 섬세한 성향 때문에, 소설이지만 사실상 시, 노래, 운문에 가까운 부드러운 울림을 영혼 속에 불어넣었기 때문일 것입니다.

특히 그의 문장은 우리가 살아가면서 여러 이유로 불행을 느끼게 될 때 절실한 위로가 됩니다. 인간에 대한 연민, 위로, 애착을 다시금 느끼게 해주는 문학의 본질적 역할을 충실히 해내고 있기 때문입니다.